甘丹小學新生任務 3

趙想想不迷糊 自主力

文 王文華　圖 奧黛莉圓

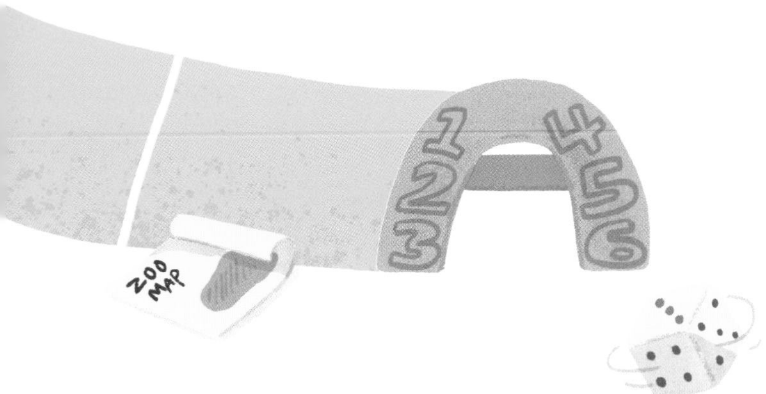

目錄

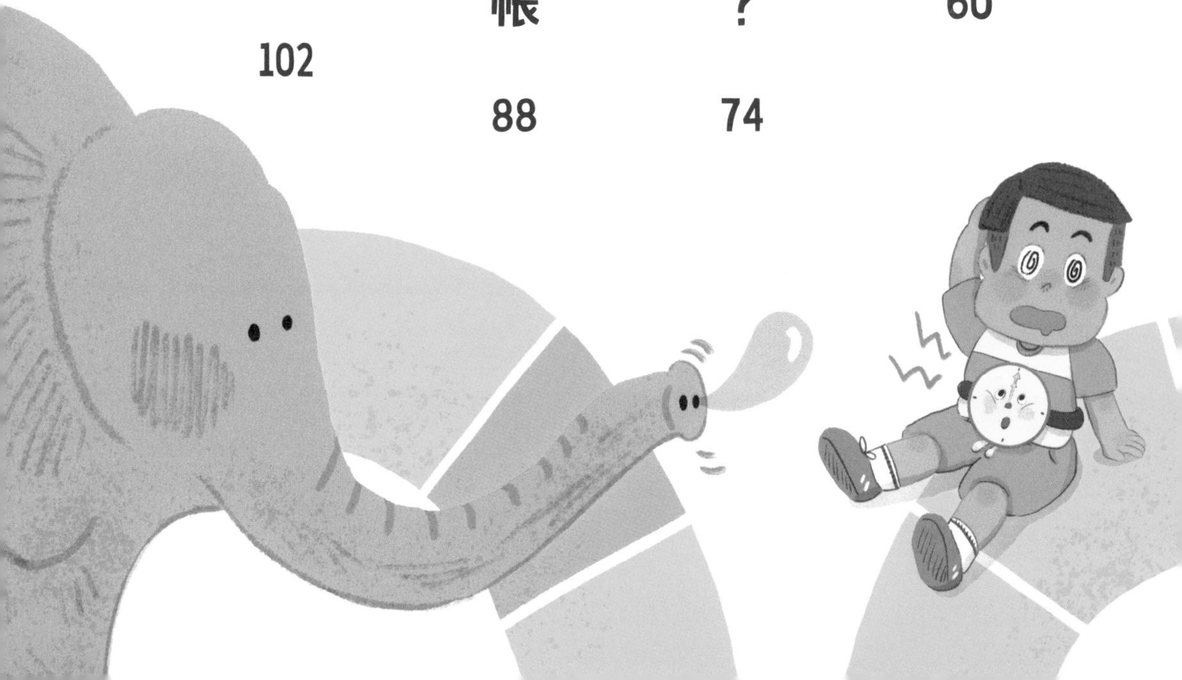

1 同意書不見了

我打開書包，同意書不見了。

我翻翻抽屜，同意書也不在裡面。

鯊魚老師發的戶外教學同意書，阿公昨天晚上簽了名，現在找不到了。

「趙想想，快點想。」我告訴自己。

我記得昨天晚上阿公簽完名，還給我時，說他以前也去過動物園，他還看到大象和老虎……

魯佳佳告訴我：

「趙想想，你不能只有想想，找東西要動手找啦！」

魯佳佳幫我檢查書包，她把裡頭的東西都拿出來：課本、作業簿、鉛筆盒，還有好多張紙……

「這是上學期的課本。」魯佳佳說。

「啊，這是運動會的通知單。」正好經過的愛米莉說。

「你留了這麼多學習單？」何必馬翻了翻，說：「你是想開學習單公司嗎？」

講臺上的鯊魚老師看見書包裡掉出一隻襪子，驚訝的問：「這個放在裡面，書包不會臭嗎？」

我聞一聞，是有一點臭。

啊，阿公昨天晚上說過，大象也是臭臭的。

書包裡找不到，魯佳佳趴到地上看。

何必馬幫我檢查抽屜，他從抽屜裡拿出一堆瓶蓋，問：「你留它們做什麼？」

我還在想怎麼回答他，他找出我心愛的小石頭，又問：「你拿這些要做什麼？」

我還沒回答他，他又拿出我留下來的紙，疑惑的說：「這些都寫過了啊，你怎麼不丟掉？」

「我要留！」我終於把話講完：「我以後可能用得到。」

「我也留了很多好東西啊，但我會收好。」魯佳佳讓我看她的抽屜。

她明明沒放好，抽屜亂糟糟的。

何必馬的抽屜全是零食，他只是把所有的書都放進書包，書包塞得鼓鼓的。

愛米莉讓我們看她的抽屜：書整齊的放成一疊，小髮夾收在一個玻璃瓶裡，文具躺在鉛筆盒裡。

「這樣它們才不會亂跑。」愛米莉說。

啊，我想起來了。

阿公昨晚說，大象住在柵欄裡，這樣牠們才不會亂跑，然後他要我把同意書收進口袋……

我從口袋掏出那張用塑膠袋裝著的同意書，跟大家說：

「阿公昨晚告訴我，他去動物園的時候，大象剛好噴了水，讓他衣服都溼了。」

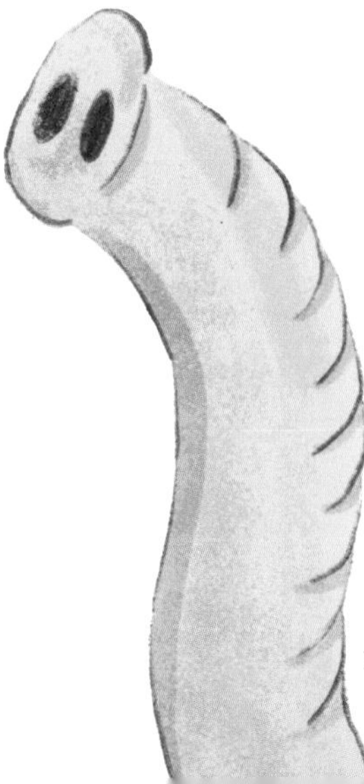

「同意書不用帶去動物園啦。」魯佳佳笑我。

鯊魚老師卻誇獎我，竟然光用想的就找到東西了。

但他也說：「不過，你也該想想，抽屜和書包要怎麼整理才好！」

小學了，很多事要自己做好，因爲爸爸媽媽不會跟你去上學。自己的書包要學會自己收拾，教室抽屜要自己整理，每天上課要帶的用品也要記得準備！

訣竅1 固定時間整理書包

整理書包要有固定的時間。寫完功課，心情是不是很輕鬆，這時來整理書包最好了！只要每天都在固定時間做同一件事，就不會忘記。

訣竅2 檢查聯絡簿

打開聯絡簿，照著上面的內容一項一項確認。已經放進書包的，就用筆打勾做記號，這樣就不會忘記帶東西啦！

訣竅3 幫書包減肥

書包不大，別把課本全部丟進去。先仔細看看功課表，用不到的東西就不要帶，幫書包減肥，你背起來也輕鬆。

訣竅4 讓書包整潔

書包要保持整潔：「整」是整齊，書本、文具要擺好；「潔」是清潔，用過的衛生紙、沒水的彩色筆、吃完的餅乾包裝都可以丟了。有空就把垃圾清出來，找起東西才容易。

每週清理一次書包，書包就不會過重。前一天晚上也可以先把上學的物品都整理好，把書包放在門口，隔天一提就走，上學真輕鬆！
步驟4
明天要用的
明天不用的
把要的再分成「明天要用的」和「明天不用的」。
步驟5
善用文件夾或收納袋，
幫物品歸類。
步驟6
利用書包的隔間，
讓東西有自己的家。

一起來練習：整理書包六步驟

整理書包是你的責任，但要怎麼整理呢？跟著這六步驟，一步一步來。

步驟1
把桌子清空，將書包裡的東西都倒出來。
步驟2
要
不要
書包裡的東西分成兩堆，
要的和不要的。
步驟3
不要的東西，
勇敢丟進垃圾桶。

2 不讓長頸鹿捲走帽子的方法

鯊魚老師說，甘丹小學的小朋友要學會「好好討論一件事」。所以，生活課的時候，鯊魚老師留十分鐘讓我們分組討論：去動物園那天，最想看什麼動物，為什麼？

魯佳佳說沒問題，她最愛討論了，她去便利商店之前，都會先跟媽媽討論要多少錢。鯊魚老師笑著說：「那叫『討錢』，不是『討論』。『討論』是把自己的想法講出來，向大家分享。」

「我們快來討論，不要輸給別組！」何必馬是我們這組的小組長。

魯佳佳說她想看乳牛。她之前去過牧場，雖然乳牛臭臭的，但是牛奶很香。

何必馬問我想看什麼動物？我才想到一半，愛米莉就說她上次去動物園，爸爸把她扛到肩膀上看長頸鹿：「牠本來在吃樹葉，忽然探頭過來，用舌頭把我的帽子捲走了。」

她說到這裡，咯咯咯的笑起來。

話。

只剩我跟楊潔心還沒說

何必馬看著我說：「趙想想，現在要討論，不是要討錢。你一定要說你想看什麼動物。」

「什麼動物……」我只想了一下，楊潔心就問她能不能先說，我點點頭。

她說她去過動物園，在那裡吃了霜淇淋，還看了小猴子。

「好吃嗎？」何必馬問。

「小猴子不可以吃啦！」楊潔心說。

「我是問霜淇淋好吃嗎？」

「草莓霜淇淋很好吃。在猴子樂園外面就有。」

「我要去買。」魯佳佳說。

「我也要去買。」愛米莉也說。

何必馬說，他們家附近的店有爆米花口味的霜淇淋：「好好吃，吃起來像真的爆米花。」

「我要去買。」魯佳佳說。

「我也要去買。」愛米莉也說。

何必馬立刻提議：「那我們放學後一起去買，再去動物園！」

我想告訴他們，我們現在應該要討論最想看的動物，而且霜淇淋拿到動物園會融化。

這時候，鯊魚老師宣布討論結束，要各組準備上臺分享。

第一組想去看駱駝，第二組的目標是無尾熊，輪到我們時，何必馬大聲說：「我們要去猴子樂園那家霜淇淋店。」

鯊魚老師笑得好大聲：「你們怎麼在討論吃的？我是請你們討論要去看什麼動物！」

我把手舉高：「我想到了。」

鯊魚老師問：「趙想想，你想到了什麼？」

「我要去看長頸鹿，還有頭要低下來，帽子才不會被長頸鹿捲走。」

有的人做事又快又好，有的人做事拖拖拉拉，爲什麼呢？如果你能把「專心」這個功夫練好，你也能做得又快又好，而且還會有更多的時間可以利用。

訣竅1 睡飽吃好，才能專心

沒睡好，頭腦會昏昏沉沉。肚子餓，也沒辦法專心。想要專注有精神，就要早睡早起，三餐定時定量吃飽飽，讀書自然沒煩惱。

訣竅2 一次只做一件事

想要專心，一次只做一件事。算數學時不要玩玩具，玩遊戲時不要想著考試，一次只做一件事，就能把事情專心做好。

訣竅3 只想眼前的事

做事的時候，要讓大腦只想著現在做的事，並保持桌面乾淨，這樣就不容易有機會分心。不然算數學時想要哼歌，寫國字時想著等下吃什麼，這樣就沒辦法把事情做好。

訣竅4 把事情變有趣

把事情變有趣，就會更專心喔！如果覺得寫字很無聊，就把它變成一場比賽，看看今天比昨天進步了多少，多學了哪個字？這樣一想，原本辛苦的工作就變好玩了！

請選出最有可能打敗分心大魔怪的路，並順著路線往下走，遇到橫線就轉彎。最後，看看結果怎麼樣，你成功救出愛米莉了嗎？

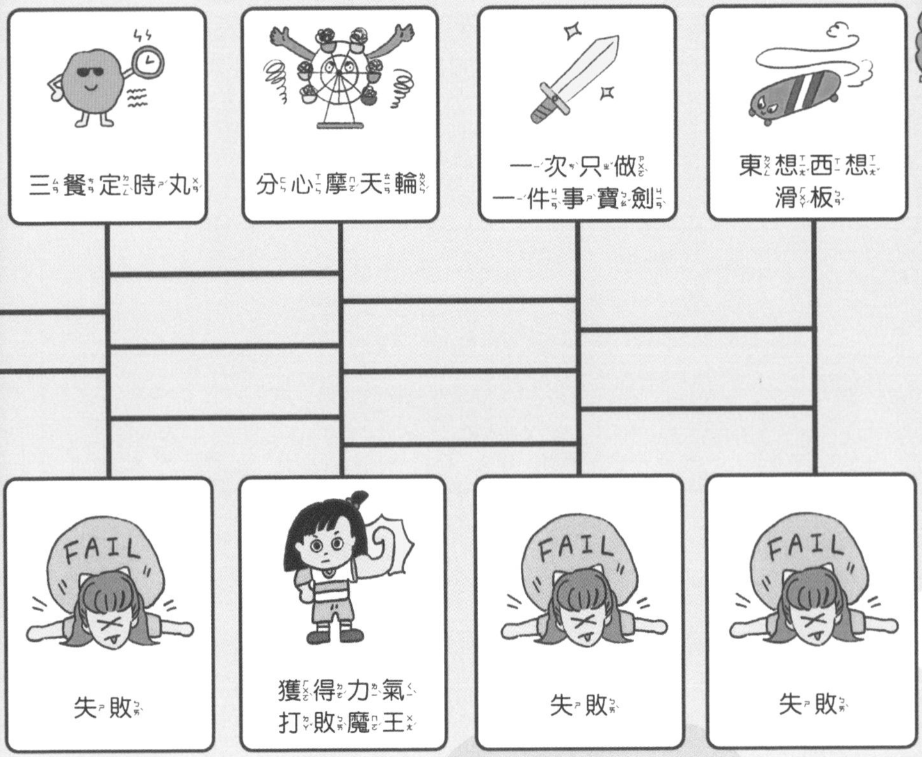

一起來練習：勇闖分心大魔殿

唉呀，愛米莉被分心大魔怪抓走了，大家準備要去救她，你能幫忙找出哪條路可以幫助他們救出愛米莉嗎？

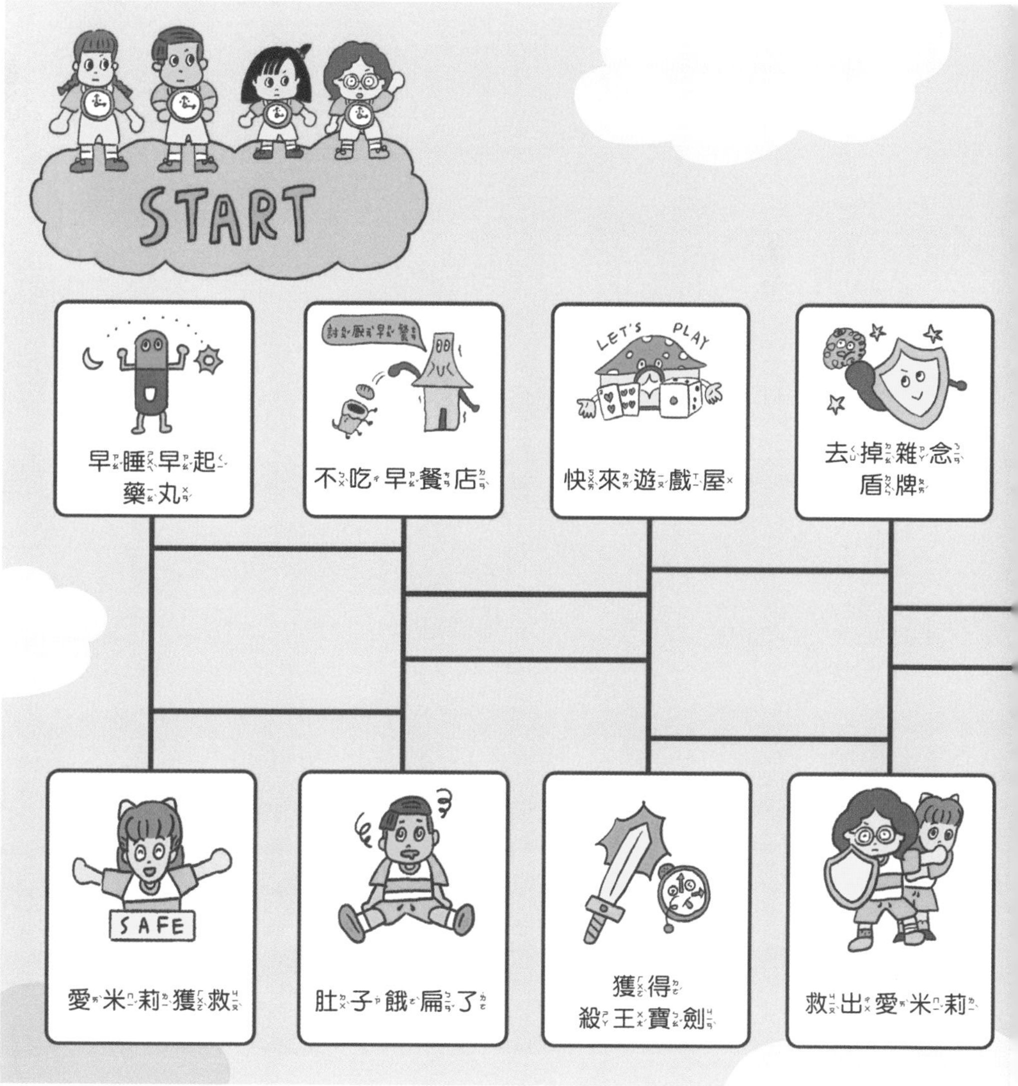

3 下課的計畫

下課之前，我就已經計畫好了。

一下課，我要先去廁所，因為鯊魚老師說，最急的事情要先做。

然後我要去圖書館，借那本長頸鹿的書。戶外教學快到了，我只要先了解長頸鹿，就不怕牠捲走我的帽子。

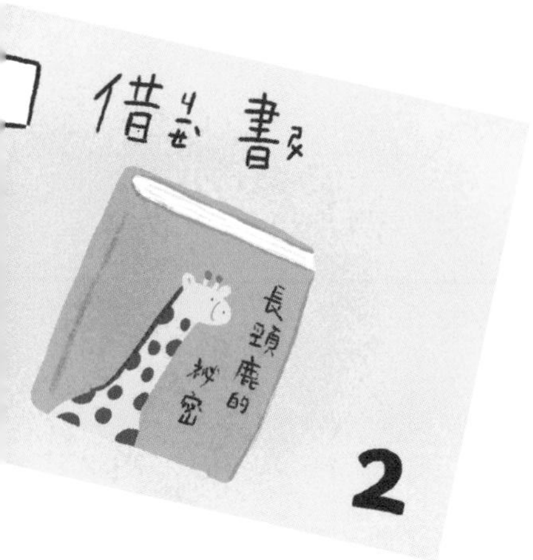

最後，我要去幫仙人掌澆水。總共三件事。

魯佳佳知道後，說她也要有計畫，但她不能把計畫告訴我，因為那是她的祕密。

下課了。

我才走到教室門口，何必馬就拉住我，說：「趙想想，我們少一個人踢球，你來跟我們一起玩吧。」

「對，你們男生一組，我們女生一組！」魯佳佳嘻嘻笑著，她說玩球就是她這節下課的計畫。

「我下課有計畫了，我有很多事要做。」我跟他們說。

何必馬卻邊推著我往操場走，邊說：「趙想想，你當守門員，不用跑來跑去，你可以站在那裡想你的計畫啊。」

我站在球門當守門員，但這件事不在我的計畫裡啊。我想，我要再重排一次我的下課計畫。

「第一件事，先當守門員。」

一顆球滾進球門裡。魯佳佳跑過來說：「趙想想，謝謝你沒有把球擋住。」

又一顆球滾進球門裡，何必馬也說：「趙想想，你怎麼沒有把球攔住？」

「我要把球擋下來？」我問，他們點點頭。

唉呀，這個下課，我又多了一件事。

整節下課，我沒有攔住任何一顆球。雖然我有列進計畫裡，可是球都跑太快了，我跟不上。

何必馬很生氣，我就哭了。

愛米莉說：「你只要下課多練習，以後就攔得到了。」

我們說話的時候，魯佳佳又踢了一顆球過來，它咕嚕咕嚕的滾過去。這顆球沒有被球門擋住，滾到花圃去了。

我和何必馬去撿球，但這顆球跑太遠，等我們進教室，已經上課很久很久了。

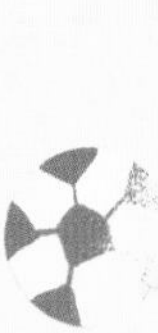

大家都在教室坐好了。

鯊魚老師正在問：「校外教學的日子快到了，大家下課去借動物的書了嗎？」

「還沒。」我跟鯊魚老師說：「我只做了一件事就上課了。」

「咦，你應該先做最急的事呀。」鯊魚老師說到「急」的時候，我真的感覺好急。

我舉手說：「老師，你可以等一下再說嗎？我現在急著去上廁所！」

甘丹小學新生手冊

3-3
計畫的先後緩急

上學之後，要做的事情會漸漸變多，不過不要怕，只要事前花一點時間安排事情的順序，或者好好把時間分配一下，就能把事情做得又快又好！

訣竅1 我先想一遍

先去圖書館還要到期的書，回程會經過廁所，可以順便上廁所，上課前再趕快去裝水……

下課時間很短，要做的事情卻很多。想一想，怎麼做才最順路，什麼事可以下節下課再做？先想一遍再做，就不會手忙腳亂。

訣竅2 列出清單

我還要買什麼啊？
還有一盒水彩，最後再加十張西卡紙，就買好了。

寫作業、大掃除、去文具店買美勞用品，事情好多啊！當事情比較多，記不住時，可以列一張清單，每做完一項就打勾，就像在玩遊戲一樣，每做好一件事，就消滅一隻大怪獸。

訣竅3 計畫可以改

排好的計畫，有時會遇到狀況，像是想裝水，可是飲水機排了好多人；想去溜滑梯，可是人太多。這種時候，可以改變計畫，先做下一件事，之後再回來把這件事做完。

也可以參考愛米莉、 魯佳佳、 趙想想和何必馬的計畫， 你比較喜歡哪一個呢？

趙想想的下午計畫

- [ ] 

午睡到自然醒
- [ ]  幫阿公種菜
- [ ]  種完寫作業

魯佳佳的下午計畫

- [ ]  2 點到 3 點寫作業
- [ ]  3 點到 4 點練跆拳道
- [ ] 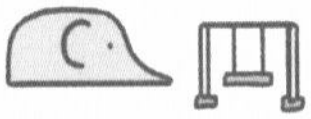 4 點到 5 點去小公園

我的下午計畫

優先做的：

- [ ]
- [ ]
- [ ]

可以慢一點做的：

- [ ]
- [ ]
- [ ]

一起來練習：下午怎麼過？

時間怎麼安排，我們來練習一下。

首先，拿出一張白紙，把要做的事情一件件寫上去。接著，把事情簡單分兩類：① 是需要先完成的事，② 是可以慢一點完成的事。評估一下每件事情需要花多久時間，再填上去。做完後打勾。

愛米莉的下午計畫

一定要做的：

☐  2點到2點半

☐  2點半到3點

☐  3點到4點

不一定要做的：

☐ 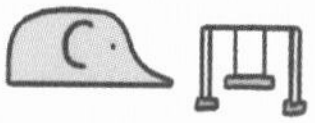

晚餐前還有時間的話，就去公園玩

何必馬下午大計畫大行動

一定要做的：

☐  回家先吃點心

☐  寫功課到2點

☐  小公園踢球到3點

想做的：

☐ 

游泳到5點

4 長頸鹿快跑了

我問愛米莉：「長頸鹿的舌頭是什麼顏色？」

愛米莉說她沒仔細看，因為長頸鹿捲走她帽子時：

「我嚇得一直笑。」

何必馬不相信，「應該是嚇得一直哭吧？」

「我就是一直笑啊。等戶外教學那天，你就知道了。」

魯佳佳在旁邊說：「我也想知道長頸鹿的舌頭是什麼顏色。」

在一旁聽到我們討論的鯊魚老師建議：「圖書館有長頸鹿的書，你們可以先去認識牠呀！」

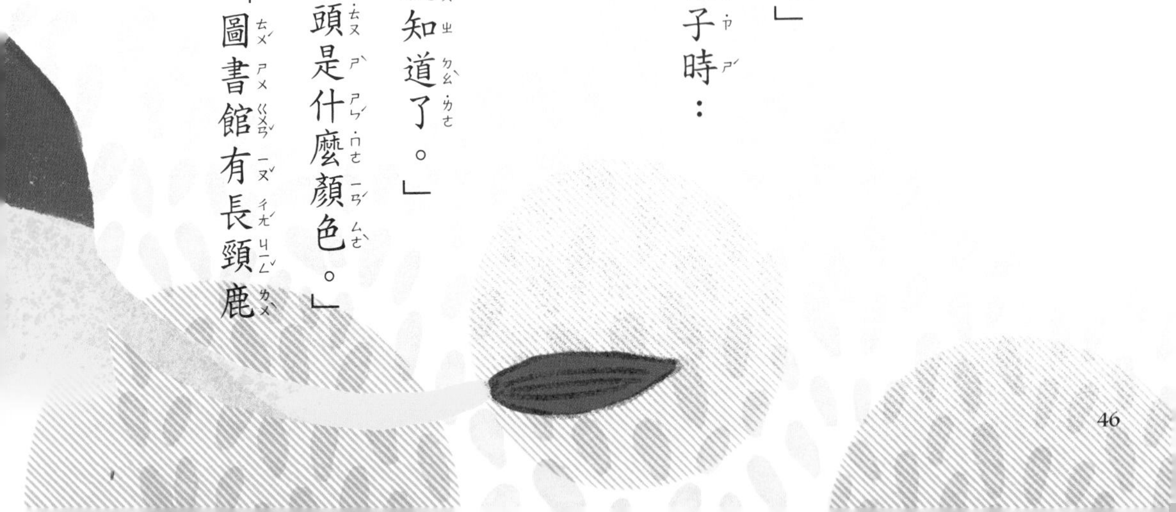

魯佳佳知道圖書館怎麼走，所以下課時，她帶我們去。

她走得很快，我叫她，她也不聽。

一個阿嬤把我拉住，對我比「噓」：「這裡是圖書館，要輕聲細語。」

我知道啊，我只是想去追魯佳佳。

我聽到魯佳佳在前面的書架那邊喊：「怎麼沒有！」

老阿嬤往魯佳佳的方向走，低聲問：「你們要找什麼？」

「長頸鹿。」我說。

「長頸鹿在科學類，或是你們想用電腦查也可以。」

魯佳佳說電腦沒有她跑得快，她正要跑，又被老阿嬤拉住：「你慢慢走過去找，好，好不好？」

「好！」魯佳佳的聲音又太大了。

愛米莉想用電腦查，我也想看看電腦要怎麼找書。

老阿嬤帶我們過去，愛米莉一下子就找到了，對大家說：「學校有兩本，一本是《長頸鹿量身高》，一本是《你不知道的長頸鹿》。」

老阿嬤看一看，她說量身高那本被借走了，另一本在架子上。

我們在架子上找來找去，都找不到長頸鹿。那本書應該在科學類的架子上，可是架子上所有的書都不是。

「難道長頸鹿跑走了？」

魯佳佳的聲音又把老阿嬤引過來，她小聲說：「牠不會跑走，我陪你們一起找。」

老阿嬤一本一本找，也找不到。

找不到長頸鹿沒關係，我找到一本無尾熊的書，如果沒辦法知道長頸鹿的舌頭是什麼顏色，我也可以查無尾熊一天要睡幾個小時。

借書的櫃檯排很長，我們帶著書過去時，魯佳佳突然說：「唉呀，長頸鹿快跑走了。」

圖書館有長頸鹿？

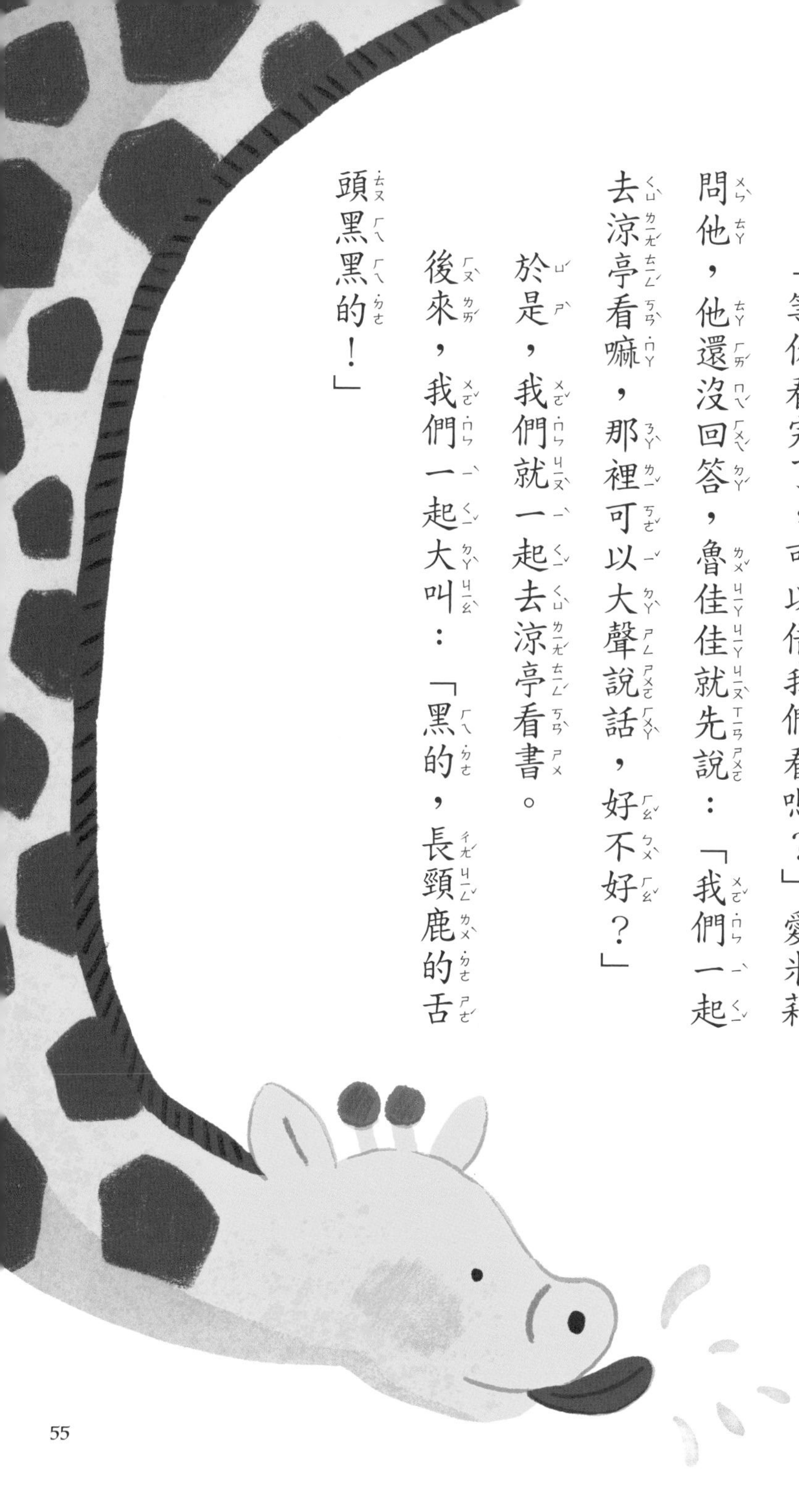

我仔細一看，原來有個男生正抱著那本《你不知道的長頸鹿》，就排在我們前面。

「等你看完了，可以借我們看嗎？」愛米莉問他，他還沒回答，魯佳佳就先說：「我們一起去涼亭看嘛，那裡可以大聲說話，好不好？」

於是，我們就一起去涼亭看書。

後來，我們一起大叫：「黑的，長頸鹿的舌頭黑黑的！」

「學習」是自己的事，不用一定要大人告訴你該學什麼，你可以多多觀察生活中有哪些不知道的事，找出答案，讓自己變成很棒的小朋友！

訣竅1 在生活中找問題

生活中有很多我們不知道的事，遇到不懂的事就問清楚，也可以去書裡找答案。每解決一個問題，你的智慧就多了一分呢。

訣竅2 找一件事來練習

有些同學會摺紙，有些同學會吹口琴，但他們並不是一開始就這麼厲害，而是靠著每天的練習。你也找一件有興趣的事情來練習吧，雖然很辛苦，但練會了，你就是那個厲害的人。

訣竅3 遇到困難找方法

學習也會遇到困難，這時，可以自己找方法解決，像是去圖書館或上網查，也可以問問其他人。遇到問題不可怕，想辦法解決就好了。

訣竅4 記錄自己的成長

量身高有身高尺，量體重有體重機，學習要怎麼測量呢？其實，只要把學習的進度記錄下來，就能看到自己的進步囉！

趙想想跟阿公一起照顧菜園時，發現菜葉上有好多菜蟲，他該怎麼做？

□ 仔細觀察是哪種蟲來吃菜

□ 問阿公要怎麼解決

□ 把菜葉拔掉

□ 去圖書館找趕走菜蟲的方法

□ 假裝沒看到

□ 把蔬菜都套上水桶，不讓蟲來

□ 把蟲都抓起來丟掉

＊ 請畫出你遇到的困難

你自主學習的時候，可能會遇到什麼問題？又要如何解決呢？

我想要學 ____________________

我遇到的困難是 ______________

我的解決方法有：

1. ____________________

2. ____________________

3. ____________________

一起來練習：我的自主學習

大家決定展開自主學習，請你幫他們勾出克服困難、變厲害的學習方法，並寫下你自己的學習方法！

何必馬想成為跳繩大王，他可以怎麼做呢？

□ 買很多條跳繩

□ 每天練習

□ 向很會跳繩的人請教

□ 看影片學習跳繩技巧

□ 跟同學一起練習

□ 練不好的地方就不跳了

□ 請大人帶他找教練練習

愛米莉有首曲子一直彈不好，她可以怎麼做？

□ 不彈了，去畫畫

□ 休息一下再練習

□ 再也不練這首曲子

□ 請老師再教一次

□ 向同學請教訣竅

□ 上網看影片學習

□ 和同學一起練習

5 橡皮擦偵探

上課的時候，鯊魚老師說他是很懶的老師。

「懶老師？」

「對，我很懶。戶外教學那天，自己的東西自己保管，我不想當一棵掛滿你們外套、水壺和書包的耶誕樹。」

鯊魚老師說，每次戶外教學都會有小朋友帶太多東西，又不收好，害他要一路辛辛苦苦的撿衣服、撿水壺……

「這次我不當耶誕樹。」

全班都在大笑時，我發現地上有塊橡皮擦。

是一塊很新的橡皮擦，看起來才用沒幾次，上面也沒寫名字。

我把橡皮擦交給鯊魚老師。鯊魚老師問全班：「誰的橡皮擦掉了？」

誰的橡皮擦掉了呢？

我看看魯佳佳，她的鉛筆盒裡有塊橡皮擦。

我看看何必馬，他正拿著橡皮擦在手裡玩。

鯊魚老師把那塊橡皮擦放進寶藏桶，並讓我們猜，等一下誰會來借橡皮擦。

全班都笑了，大家都說：

「不是我、不是我。」

上完體育課回來，鯊魚老師的手裡有件棒球外套。

「這是誰的外套？」鯊魚老師問。

我們全都搖搖頭。

「大家來當小偵探吧，找找誰是外套的主人。」鯊魚老師把外套舉高給我們看，要我們想一想。

愛米莉說，一定是男生的，因為那件外套又寬又大，女生的會比較小件一點。

魯佳佳說這一定不是她的，因為她的外套穿在身上。

我看看大家，發現全班都有穿外套……

「是何必馬的！」我想到了。

「我的外套在身上。」何必馬說。

「你現在穿的是昨天忘了帶回去的，老師拿的是你今天穿來的。」早自習時他正好經過我旁邊，所以我記得：「你的外套上面有號碼，是23號，你忘了嗎？」

大家都替我拍拍手，鯊魚老師誇我是小偵探，不用動手，就找到外套的主人。

「好了，那我們來檢討數學習作吧！」

23

要訂正的時候，我發現橡皮擦不見了。
橡皮擦是阿公送我的，我昨天才剛打開來用。
我慢慢想起來，今天早上我畫畫的時候，有把它拿出來擦……

「老師，那個我撿到的橡皮擦，好像是我自己的……」我舉手跟鯊魚老師說，我想去把橡皮擦拿回來。

全班都笑了。

「趙想想，你怎麼連自己的橡皮擦都認不出來？」魯佳佳笑得最大聲。

「因為我才剛認識它沒多久。如果我常常用，用久了就認識了。」我從寶藏桶裡，拿出那塊橡皮擦。這次我會仔細認識它。

上了小學，需要帶去學校的用品越來越多，不管是鉛筆、橡皮擦、水壺或雨衣，自己的東西就有責任自己保管，不然很容易跟其他小朋友的物品搞混喔！

訣竅1 珍惜物品也珍惜愛心

我們用的每樣東西，都是父母辛苦花時間和心力幫我們買的，所以要好好愛惜，多注意自己把東西放在哪裡，才不會不小心弄丟。就算弄丟了，也要盡量找回來。

訣竅2 幫物品寫上名字

大家都有鉛筆和橡皮擦，也都有彩色筆和水壺，所以自己的東西要保管好，最好貼上姓名貼，或寫上自己的名字，才不容易跟別人的物品搞混，掉了也比較容易找回來。

訣竅3 讓東西回家

物品一用完，就立刻把它們放回家，這樣它們就不會迷路，回不了家。上課前，放學前，檢查一下自己的物品是不是都還在，只要養成好習慣，就不容易掉東西。

訣竅4 借和送，分清楚

貴重的東西——像是手錶、手機——盡量不要借人，不然弄壞就糟糕了。要把自己的東西送人之前，也要想清楚，因為送了就是別人的，不能再拿回來囉！

3. 趙想想開始回想……他可以怎麼想？

( ) 從上個月開始慢慢想。

( ) 從最後一次用橡皮擦的時候開始想。

( ) 從小時候開始細細回想。

4. 趙想想還可以怎麼做？

( ) 問問四周的同學有沒有人撿到。

( ) 打電話給阿公，問他的意見。

( ) 去校長室跟校長說。

一起來練習：東西掉了不害怕，輕輕鬆鬆找回來

趙想想的橡皮擦不見了，請你看看以下四個步驟，並幫他在最適當的做法旁打✓。

1. 下課時，趙想想發現橡皮擦不見了，他應該怎麼做？

(　　) 再買一個新的。

(　　) 先拿隔壁同學的。

(　　) 深呼吸，好好想一想可能放在哪裡？

2. 應該從哪裡開始找橡皮擦？

(　　) 最有可能出現的地方，像是座位附近。

(　　) 不常去的地方，像是學校操場。

(　　) 從家門口開始沿路找。

6 一分鐘有多久？

我和何必馬抱著球進教室時，已經上課很久了。

何必馬說：「這節下課偷偷變短了。」

我點點頭，我連球都沒摸到就上課了。

「下課時間都是固定的，是你們玩到忘了時間。這次的戶外教學，你們也有自由活動時間……糟糕！」鯊魚老師突然大叫：「要是你們超過時間才回來，怎麼辦？」

愛米莉安慰他：「老師，我有戴手錶，我們會注意時間。」

「可是很多小朋友沒有手錶啊！」鯊魚老師說。「老師，我會認時間。」何必馬說：「只要肚子開始咕嚕咕嚕叫，我就知道快到午餐時間了。」

「我會看你的手錶啊。」魯佳佳也說：「鯊魚老師的大手錶，再遠都看得到。」

鯊魚老師笑著說：「所以，自由活動的時候，你們都要跟著我嗎？」

「不要！」我們說。

「我可以看別人的手錶啊。」魯佳佳說她的眼睛很好，再遠都看得清楚。

為了讓我們更認識時間，鯊魚老師讓我們盯著教室的時鐘一分鐘。

一分鐘有六十秒，哇，六十秒好久啊！

「現在重來，閉上眼睛，開始數六十秒。當你覺得一分鐘到了，就可以舉手把眼睛張開。開始！」我閉上眼睛，才數到二十秒，就聽到旁邊的魯佳佳好像舉起手了。

然後是何必馬。

然後是愛米莉。

等我睜開眼睛舉手時，我是全班最慢的，可是大家都說我好厲害，時間剛剛好是一分鐘。

9
3
6

「原來一分鐘這麼久。」魯佳佳說。

「那也不一定喔！」鯊魚老師帶我們去遊樂區，讓我們一邊玩，一邊數：「這次一樣是一分鐘，等時間到了，大家再來找我！」

這次不用閉眼睛，我們都跑去玩攀爬架。

大家都爬好快，魯佳佳爬了兩次，還對著我喊：「趙想想，你快一點，一分鐘快到了喔！」

我好不容易爬到最上面，卻不知道要怎麼下去。

兩邊看起來都好高，到底要怎麼下去？

46……47……48

我下不去，但是我看到很多人都跑回去找鯊魚老師了。老師宣布，最早回去找他的愛米莉，其實花了三分鐘，最慢回去的何必馬，玩了五分鐘。

「玩的時候，是不是感覺時間過得特別快……咦，趙想想呢？」鯊魚老師終於想到我了。

大家四處喊著：「趙想想，趙想想！」

我想回答，可是又怕掉下去。

等鯊魚老師把我抱下去時，全班都說，我們忘了時間，鯊魚老師忘了趙想想。

而且，我在上面害怕的時間，感覺有一年那麼久。

時間最公平，每個人一天都是24小時。奇怪的是，有的人好像從來都不急，每件事都能準時完成，有的人卻總是匆匆忙忙。我們來學學怎麼管理自己的時間吧！

訣竅1 估算每件事的時間

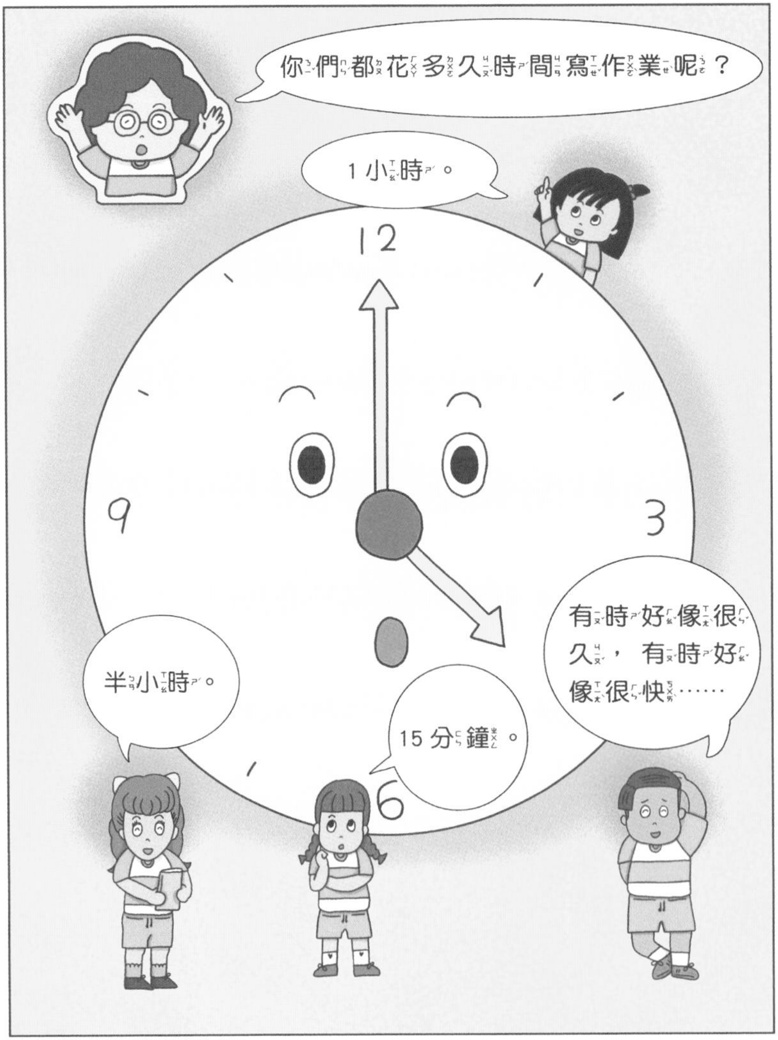

請大人幫你計算，洗一次澡、吃一頓飯要花多久時間？也可以利用教室的時鐘，看看從教室去上一次廁所要多久？只要對做事情的時間有基本的認識，就能擬定好計畫囉。

訣竅2 什麼時間做什麼事

學校的時間很固定，都寫在課表上。在家裡也要養成好習慣，吃飯時間就專心吃飯，作業時間就專心寫作業，遊戲時間當然也要專心玩。

訣竅3 先做「一定要做」的事，再做「想要做」的事

放學後有好多想做的事，像是吃點心、出去玩，但同時也有作業要寫、隔天上課的物品要準備。這時候，「一定要做」的事就先做，「想要做」的事就等「一定要做」的事做完才做。排好事情的順序，就不會手忙腳亂了。

首先，準備一個可以計時的東西，不管是時鐘、手錶或手機都可以。想想下面的例子，你會花多少時間做這些事，然後再填入你真正花的時間。如果不太知道怎麼計算時間，可以請大人幫忙喔！

起床，準備上學

我猜我要花多少時間：＿＿分

實際上花了多少時間：＿＿分

寫作業

我猜我要花多少時間：＿＿分

實際上花了多少時間：＿＿分

一起來練習：猜猜要多久？

時間看不見、摸不著，卻滴答滴答往前跑，一不小心就溜走了，而且寶貴的時間一去就不會再回來了。那麼，讓我們來練習猜時間，這樣你能更了解時間是怎麼溜走的喔。

洗澡

我猜我要花多少時間：　　　　分

實際上花了多少時間：　　　　分

吃早餐

我猜我要花多少時間：　　　　分

實際上花了多少時間：　　　　分

我的發現：

7 找鬍子老闆算帳

戶外教學那天，我們坐遊覽車到動物園，鯊魚老師帶我們看了一圈，再留半小時讓我們各組自由活動。

我們這組決定先去看大象，再去找長頸鹿。

經過長頸鹿的時候，愛米莉提醒大家把頭低下來，長頸鹿沒有捲走我的帽子，不過牠的舌頭果然是黑的。

最後，我們在猴子樂園外買了霜淇淋，再坐到外面長椅上，吃霜淇淋給猴子看。

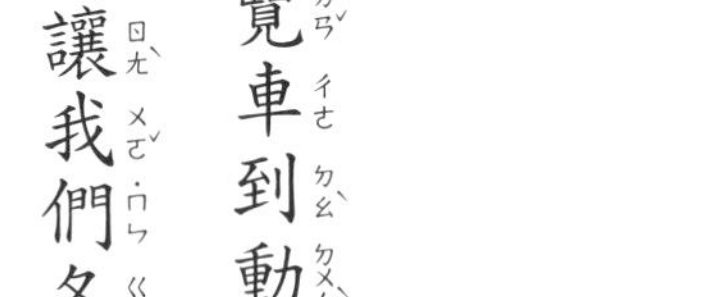

出口
入口
GO

霜淇淋真的很好吃，小猴子也一直盯著我們，忘了吃香蕉。

何必馬一直逗猴子，還學猴子走路，愛米莉勸他，他也不聽。

我吃完霜淇淋，擦擦嘴巴，要把零錢放回背包的時候，發現老闆找錯錢了。

「霜淇淋30元，我給他50元，他要找我20元。」我手裡有兩枚硬幣：一枚50元，一枚10元。

留鬍子的霜淇淋老闆把50元當成10元給我了。

!
50
10

我不敢去找老闆，但大家都說別怕，他們會陪我一起去。

霜淇淋車外頭，有長長的隊伍等著買霜淇淋。鬍子老闆很忙，一邊擠霜淇淋，一邊收錢、找錢，還要一邊罵不守秩序的小朋友：「排好，排好，不要往前推擠，不然不賣你！」

鬍子老闆的聲音很大又很兇，我不敢跟他說，魯佳佳替我說：

「老闆，你找錯錢了！」

她的聲音那麼大，鬍子老闆卻好像沒聽到。

愛米莉要我把找錢拿給鬍子老闆看，沒想到他連瞄一眼都沒有，只叫我們去排隊。

「怎麼辦？」何必馬問：「這裡這麼吵，老闆根本聽不到！」

楊潔心提議：「我們五個人一起喊，他就會聽到了！」

五個人的聲音大，於是我們手拉手，一起大喊。

老闆終於停下來，問我們：「我少找你多少錢？」

「不是，是你多找他40元！」魯佳佳大聲說。

鯊魚老師來的時候，鬍子老闆正收下那40元，還說要請我們一人一支霜淇淋。

「不用，那你會賠錢啦！」魯佳佳大聲告訴他。

後來，鯊魚老師說我們很勇敢，遇到問題會想辦法解決：「你們竟然敢去找老闆『算帳』，如果是我，我一定不敢。」

「老師，你好膽小喔！」魯佳佳跟他保證，「你別怕，下次我去幫你說！」

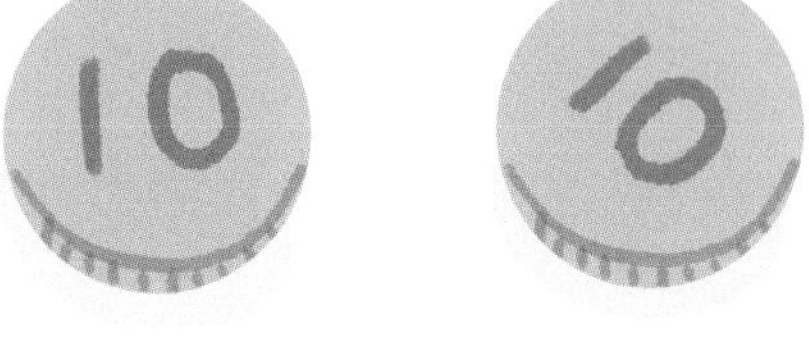

甘丹小學新生手冊

3-7 學會解決問題

上小學了，會遇到越來越多困難，不過爸爸媽媽不是神燈精靈，老師也不是萬能天神，碰到問題時，我們可以試試看自己想辦法解決。不然什麼都不做，問題也不會自己消失。

訣竅1 仔細看清楚問題

遇到問題不要慌，深呼吸，勇敢面對它，先把問題的「長相」看清楚：現在到底遇到什麼樣的問題？看清楚才會知道，接下來該怎麼做？

訣竅2 動動腦，尋求幫助

知道問題是什麼後，就可以開始想辦法解決。自己想不出來，也可以問問其他人，多一點人一起想，就可能更快找到答案。

訣竅3 不犯同樣的錯

遇到困難不要慌，事情也不一定能一次就解決，但犯錯也沒關係喔。偷偷告訴你，沒有人不會犯錯，只要知道自己為什麼做錯，並且不要再犯，就是一種學習了！

訣竅4 犯了錯，就改進

解決困難後，你一定有些心得。厲害的人會在解決問題後，再重新想想整個過程裡，哪些地方做得好，哪些地方沒做好，這叫做「檢討」。學會檢討，然後改進，你就會越來越好！

② 回家作業發回來了，粗心的魯佳佳又把題目看錯了，怎麼辦呢？冷靜想想：魯佳佳遇到什麼問題？

我遇到的問題是＿＿＿＿＿＿＿＿＿＿

魯佳佳有什麼方法，可以讓自己再細心一點？

- ☐ 看題目時，一個字一個字的把題目讀清楚再作答。
- ☐ 把題目中最重要的字或詞圈起來。
- ☐ 真的看不懂題目意思的話，請有空的大人幫忙。
- ☐ 告訴自己，搞懂題目的意思再寫，不要急。
- ☐ 寫完後，請大人幫忙檢查一次。

如果你是魯佳佳，你會用哪個方法呢？

你還有什麼好建議可以給魯佳佳，讓她不再那麼粗心呢？

一起來練習：遇到問題怎麼解決？

遇到問題要怎麼辦呢？不要慌，我們一起深呼吸，想一想，要怎麼做才好呢？

① 今天第四節課是音樂課，何必馬一到學校就發現自己忘了帶直笛。首先，冷靜想想，何必馬遇到什麼問題？

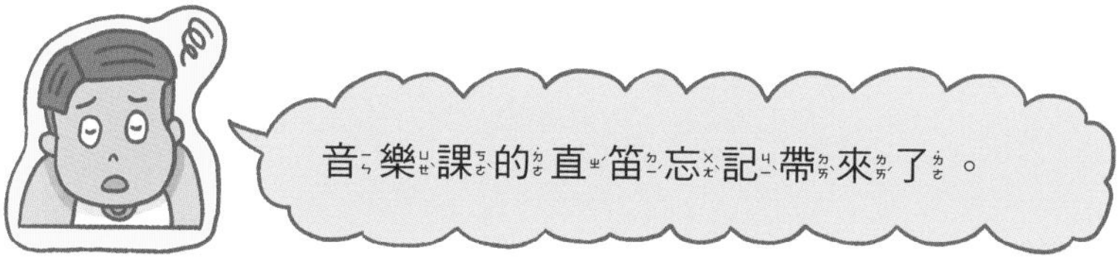
音樂課的直笛忘記帶來了。

何必馬有什麼方法可以解決「忘記帶直笛」這個問題？

- ☐ 向老師承認錯誤，請老師幫忙。
- ☐ 向同學借。
- ☐ 向隔壁班同學借。
- ☐ 書包裡再找一遍。
- ☐ 打電話請家人送來學校。
- ☐ 還有什麼方法呢？（　　　　　　）

何必馬鼓起勇氣向老師報告這件事。幸好，老師有多的直笛可以借他。

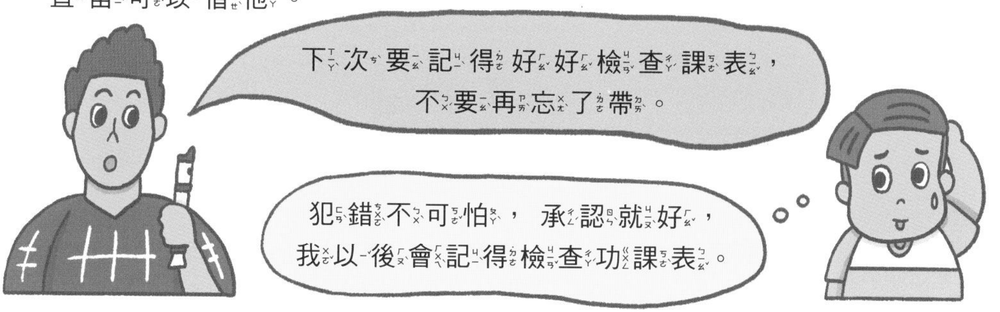
下次要記得好好檢查課表，
不要再忘了帶。
犯錯不可怕，承認就好，
我以後會記得檢查功課表。

8 最重要的工作

我們都看到了，大象欄裡有個胖叔叔在清大象便便。

他用鏟子，一鏟一鏟的把大象便便鏟進小車子裡，味道很濃，我們都捏著鼻子，瞪大了眼睛。

魯佳佳告訴他：「叔叔，那是大象便便！」

叔叔好像不擔心，「所以要把它們清掉啊！」

楊潔心問他：「你不怕臭嗎？」

「大象也怕臭啊，但是牠們不會清，你說怎麼辦？」

何必馬突然建議叔叔：「你可以去賣霜淇淋，也可以去餵長頸鹿。」

「如果我不做，大象便便要請誰來清？」叔叔放下鏟子，看著我們。

我想半天，想不到該找誰來做。

「如果我沒把大象照顧好，牠生病了，那怎麼辦？」叔叔說到這兒，笑了起來。

唉呀，叔叔黑黑壯壯的，笑起來就像大象一樣可愛。

他把鏟子遞給我們，「我想到了，就請你們幫我做吧！」

「我們？」愛米莉和楊潔心嚇得後退好幾步。

魯佳佳想接鏟子，只是鏟子比她還高，不知道她拿不拿得動？

叔叔說魯佳佳很勇敢，等她長大了，可以來這裡工作。

原來叔叔在跟我們開玩笑。

我們問他：「不能現在就來工作嗎？」

「現在，你們有你們的工作，在把你們的工作做好之前，還不能來。」

「我們年紀還小，不用工作！」魯佳佳說。

愛米莉說：「我們現在要讀書，讀書是小朋友的工作。」

「好啦，表演結束！」叔叔放下鏟子，脫了帽，朝我們鞠了個躬，說：「謝謝各位小朋友觀賞。」

我們圍成一圈替叔叔拍拍手，他就像個大明星，慢慢把裝滿大象便便的小車，推出舞臺。

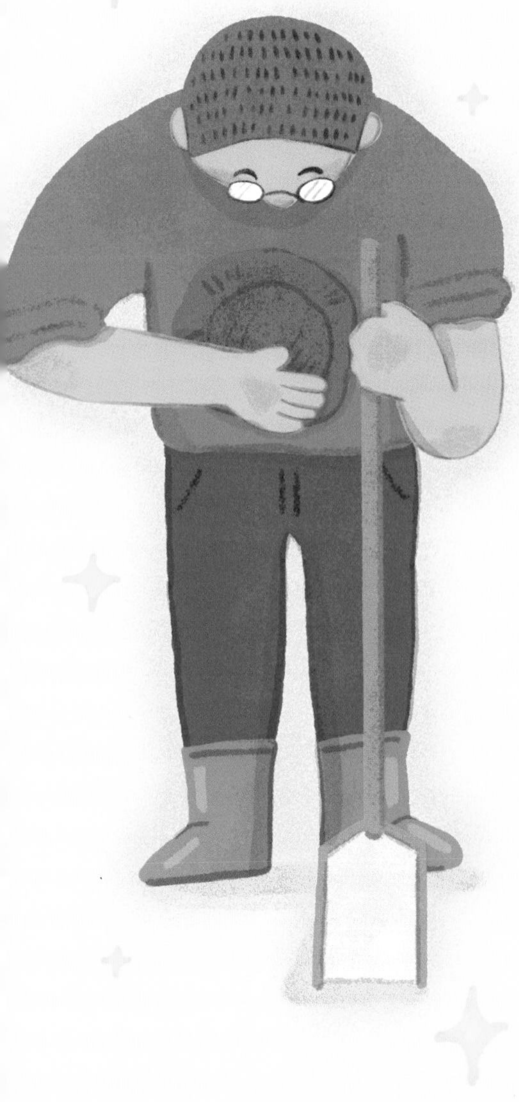

何必馬說叔叔不怕髒，不怕臭，簡直像超人一樣英勇，他以後也要跟叔叔一樣，來動物園工作！

魯佳佳提醒他：「你早上來的時候，說你長大想當遊覽車司機。」

「我可以早上開遊覽車，下午清便便啊！」

大家聽了何必馬的話都很佩服，連鯊魚老師也說他的願望很好。

回家了，我先去書桌寫功課。今天的作業要畫戶外教學，我已經想好要畫什麼了。阿公問我，今天回來這麼乖，不用催，就自己寫功課喔？「因為寫功課是小朋友的事！」我在圖畫紙上，先畫了一片綠色的牧草。

我抱著牧草，走向我的長頸鹿，那是我長大想做的工作。

大象便便超人被何必馬搶走也沒關係，我可以做餵長頸鹿寶寶超人啊。

讀書完成作業，是你的工作，爸媽不會幫你做；整理房間、做家事，也是你的工作，你不做，爸媽就要花時間幫你做。做好自己的工作，就是一種負責任的表現喔！

訣竅1 自己的工作自己做

大人要工作賺錢照顧小朋友，小朋友則要讀書、學習讓自己成長。只要大家都能做好自己的工作，就是對自己跟其他人負責。

訣竅2 今日事今日畢

今天的事情就要今天做完，拖到明天的話，明天就要做兩天份的事情，反而更累，還可能做不完。所以，只要今天把今天的工作做完，明天就只要做明天的工作就好了！

訣竅3 把工作變成有趣的事

不想寫作業怎麼辦？那就把作業想像成闖關遊戲吧！每寫完一題，就是破了一關，功力提升一級。只要換個角度看事情，工作也能變成有趣的事！

訣竅4 工作分階段，感覺好輕鬆

一次寫一頁生字有點多，那就先寫兩行，再寫兩行，是不是感覺輕鬆多了？一次掃整間教室有點難，那就先掃一半，再掃一半，感覺要掃的地方就少了。只要把工作分成幾個小階段，一次做一部分，就可以輕鬆把工作做完了。

啊，我又忘記把數學習作帶回家了。
沒關係，你可以先寫國語習作，再來想要怎麼辦。
我想睡了，作業明天再寫就好了。
今天的作業要今天寫，不然明天就要寫兩天份的作業喔！

想想看，怎樣做可以更好？

好不容易放學回家了，有好多事情要做，但大家都有做對嗎？請找找看，哪些同學需要幫忙，他們又應該怎麼做呢？

一次只做一件事，寫作業時就專心寫作業，看電視時就專心看。
國語

我回來了！我出門囉！
等等，重要的事先做！功課先做完才出門玩。

YO! 讀本

甘丹小學新生任務③ 趙想想不迷糊 自主力

文｜王文華
圖｜奧黛莉圓

知識審定｜王儷錦
責任編輯｜謝宗穎
美術設計｜陳珮甄
行銷企劃｜梁至希

天下雜誌創辦人｜殷允芃
董事長兼執行長｜何琦瑜

媒體暨產品事業群
總經理｜游玉雪
副總經理｜林彥傑
總編輯｜林欣靜
行銷總監｜林育菁
副總監｜蔡忠琦
版權主任｜何晨瑋、黃微真

出版者｜親子天下股份有限公司
地址｜台北市 104 建國北路一段 96 號 4 樓
電話｜（02）2509-2800　傳真｜（02）2509-2462
網址｜www.parenting.com.tw
讀者服務專線｜（02）2662-0332　週一～週五：09:00~17:30
傳真｜（02）2662-6048　客服信箱｜parenting@cw.com.tw
法律顧問｜台英國際商務法律事務所・羅明通律師
總經銷｜大和圖書有限公司　電話：（02）8990-2588

出版日期｜2024 年 8 月第一版第一次印行
定價｜340 元
書號｜BKKCB008P
ISBN｜978-626-406-001-1（平裝）

訂購服務
親子天下 Shopping｜shopping.parenting.com.tw
海外・大量訂購｜parenting@cw.com.tw
書香花園｜台北市建國北路二段 6 巷 11 號　電話（02）2506-1635
劃撥帳號｜50331356　親子天下股份有限公司

國家圖書館出版品預行編目資料

甘丹小學新生任務③趙想想不迷糊：自主力/
王文華 文；奧黛莉圓 圖. -- 第一版. -- 臺北市：
親子天下股份有限公司, 2024.08
124面；17x21公分
ISBN 978-626-406-001-1（平裝）
863.596　113009408